Herrmannisionen

Engelsdorfer
LyBi
Lyrikbibliothek

Vorwort

Was mag er denn jetzt schon wieder wollen? Faktor-Pi-Poesie und verbalminimalistische, impressionistische Wortmomente? Müssen wir uns jetzt etwa wieder der schwer nachvollziehbaren Experimentierlaune von diesem Herrmann hingeben?
Nein, von Müssen ist nicht die Rede, aber von Experiment schon. Ich, eben jener Herrmann, werde hier versuchen die ein oder andere Grenze des bisherigen Status quo der Dinge und meiner Welt zu knacken. Da müssen wir nun alle durch. Und sollte dieses zu einem ungelesenen Werk werden... Es ist wenigstens ein Schritt weiter getan worden. Und gerade daher ist es auf Vergnügen ausgerichtet.
War schon keiner am Morgen dabei, und hat er auch den Mittag verschlafen, so vermag er vielleicht nach dem fünf Uhr Tee, mit der Entwicklung zusammen das Abendrot zu erleben.
Beginnend mit einigen Takten verbalminimalistischer impressionistischer Wortmomente, tauchen wir hernach in die Faktor-Pi-Poesie, welche uns an die Wurzel der sprachlichen Verständnisebene bringt. Dann gibt es noch einige Wortmomente, ...
Und dann weiß ich selber wie immer nicht worauf das Ganze herauslaufen wird.
Lassen wir uns überraschen.

Matthias Herrmann,
in den Iden des Märzes im Jahre des Herren 2009.

Startschusstorschlussnachtwächtergebrüll

Dem Staubkorn gleich,
im grellen Sonnenstrahl,
will ich schwebend, wirbelnd
zu Boden gehen.

Verbalgewuselzuspäthintenangestellthabend

Zerfließendes Blau in Gelb gemalt,
auf glattem Kiesel,
ein nachhaltig, schwieriger Ort
für Farbenvielfalt

Stehengelassenmauerblümelprimellein

Mit Pauken, aber ohne Trompeten,
werde ich, sehenden Auges, auch ohne
schicksalhaften Ausgleich,
untergehen
und dabei den Kopf oben halten.

Nichtdavonlassengierighilflosunterlegensein

Nur dies eine Mal noch,
dann ist es vorbei,
bis dann das nächste Mal
dieses eine letzte Mal
wieder passiert

Präsidentschaftswahlkampfslogan

Ich will, dass ihr wollt,
das ich für euch will,
was immer auch gewollt wird,
Ja, wir wollen!

Partnerschaftsverständnisfalschbemühung

Geht es dir nicht gut,
geht es mir nicht gut,
weil es mir damit nicht gut geht,
geht es mir somit schlechter

Käuflichkeitsgeständnisabbittengesuch

Auch wenn ich dir alles war,
es war ohne Wert,
und daher verkaufte ich mich,
gegen dich,
in weitaus profitablerer Wertschöpfung

Weckrufkaltgeduschthineingeworfenheit

Schnell umwirbelnde Kälte,
vor der Tür der Torheit,
Gemachtes bewusst werdend
nicht wirklich zurück wollend,
und niemals wirklich
von hier weggekommen

Scheiterschnappschusshaufenurlaubsbild

Aus explodierendem Holz
emporstrebender Funkenregentanz
sich in wollüstigem Ringelrein erhebend
über all die vergessenen Schreie

Börsencrashmorgendanachtraumlosigkeit

Festgehalten,
an der fehlerhaft, risikoreichen Prophezeiung,
gefolgt bis zum letzten Mann in jenen
Krieg der Eitelkeit,
jenem bilanzenlosen Untergang,
und doch niemals die Flagge des Kreuzes
in heiligen Landen gehisst

Fragmentale Vielweltwirklichkeit

Aus dem versuchten Ei der Erkenntnis
geschlüpft, sich selbst reproduzierend
in ständiger Ausdehnung
bis an die Grenzen, allem jemals
Gewesenen und dennoch
nie wirklich Erreichbarem,
also wofür ein Interesse,
an dieser diffus- präsenten, niemals erfassbaren
sich ausweitenden und dennoch
verdichtenden Materie
welche in sich selbst zurücküberführbar
und damit unendlich ist?

Andenrandgedrängtaufentdeckunghoffendsein

Links stehend, links sehend,
wann immer es gewollt
wo immer man bestellt
was immer auch gezollt
und doch ist es abstrus
will man nicht wie man so...
und schon gar nicht will,
aber so läuft es nun mal nicht,
oder gerade so,
und mit Sicherheit nicht anders,...
Verstanden,
dann stets repetierend?!
Und in aller Herrgottsfrüh voran...

Krebskondensatverdammnisschrecken

Tief hineingefressen
untrennbar von dem Eigentlichen
nicht entfernbar von dem Würdigen
dem Lebendigen
in all seiner Vernetzung
nur dem Tod geweiht

Sichselbstverleugnendesfriedensangebot

Das Angebot mag vielfältig
vielleicht vereinnahmend- überzeugend sein,
doch die Zinsen eines Friedens
fraßen mir nur die Haare vom Kopf
und saugte mir den Saft
des nützlichen Weiterbestandes
als Zinseszins
aus

Anschlussgefundenimwiedernormalenunauffälligdavon gekommensein

Haben sie alle genau so eine Vergessensbereitschaft
wie ich in allen Dingen, welche mich schützen,
oder niemals vermögen preiszugeben,
wobei ich immer ein warmes Gefühl
für all jene,
welche sich aufopfernd
dem Moment der notwendigen
Betroffenheit
oder der wilden hilflosen Nabelschau,
Hingaben, und doch mehr
Scheine, Bucks oder Kracher für ihre
Soso wichtige Sache herbeischafften,...
Dahin bin ich nie gekommen...!

Auchwennamnächstenamletzenist

Am Dienstag schon so weit, wie Donnerstag
Verunsichert, dass Montag nicht dem schön entspannten
Gefühl der sorgenlosen Sonntagsmorgenfrische entspricht,
und dadurch niemals im Geschehen der Wochenwirklichkeit
eine eigentliche Bedeutung entfalten kann,
und erst ein Aufatmen am Donnerstag danach,
wenn alle sich mittwochsgleich der Unverbindlichkeit
hingegeben und du nur eine Ordnung
in all deiner Wochenverlorensuchbefindlichkeit suchst,
lass es endlich was auch immer, aber Ruhe sein!

Danebengesessenerfolgegefühltversöhnungs gespürtharmonieweltsein

Dabei bist du angekommen
in all deiner Wildheit
und ich mit dir,
ohne die Ordnung zu
vollenden und das Ende zu verstehen,
außer, dass wir einfach
rasant in alle
dem zusammengehören!
Und niemals nicht voneinander
lassen können...

Impaktkreuzschleimkrötenkryptischkranz verkrachen

Nicht viel Platz doch dennoch
die Kurve gekriegt
wobei das Preiskomitee
nur seine Finger nach einer
wie auch immer gearteten Gelegenheit leckte....

Carambaloseschraubenfestverzweiflung

Scheiße Du, Scheiße ich...
doch da ist noch etwas offen,
wie ich sagen möchte, eine Rechung,
welche wir ohne Kreditwürdigkeit
und nur im Wahn unserer Visionen
geschaffen haben,
und du lebst weiter...,
ohne Vision!

Schrecklichfliegenpilzohnedichaufgeputschtsein

Wenn ich es so unvermittelt gewusst hätte,
so wie Eisen rostet, Hitze brennt,
Kälte träge und Frauen kontrovers...,
dann wäre ich ,
schon lange angekommen,
Dein...

Hustenunterdrückurinabgang

Frostige Ferne
Fadenkreuzblinzeln,
voller Aufregung, voller Krampf
warten, auf den richtigen Moment,
welcher Jahre dauern kann

Schlüsselbandpendelschlurflässiggang

Fertiges Flittchen,
einst voller Gefühl, jetzt voller Leere
von der Zeit zermahlen,
gelebt, als gäbe es nie ein Morgen,
und von dem Morgen
mit all seinen Konsequenzen
am Ende heim in die Wirklichkeit geführt

Rapallorumpelndzugdurchfahrt

Kein Platz mehr...
auf dem Gang, zwischen den Wagons,
im Zug der offenen Fenster,
auf der Reise gen Mailand,
ein Lächeln,
und dennoch am nächsten Tag,
wie stehen geblieben

Nichtschritthaltenblaseamfussschmerz

Nach Tagen unterwegs,
der Kardinalfehler des Schuhausziehens,
in einem Abteil voll schöner Frauen,
dann eingeschlafen,
verwirrt, nach dem Erwachen
allein und
nach süßem Eau de Toilette riechen

Schimpfschandefurtzgefluch

Rastloser Spärenschmerz im grätzigen Gewand
der Sorgenlosigkeit
willst nur gaukeln, vermaledeit
vermitteln, dass du nicht trüben kannst
oder verletzen...
wennschon das Ende klar
und unausweichlich brutal...
vor allem aber gültig ist?

Scharfrichterschäferstündleinröschen

Nach scharfer Trennung
nicht wirklich an die Wurzel,
an die Innerei, den Kern,
vielleicht, das Herz gekommen zu sein,
durch einen selbst in die Wüste der Einsamkeit verbannt
und dort noch nicht mal bei Wasser und Brot,
und schon gar nicht an des Röschens
Kern oder Duftverführung
gekommen zu sein

Letterleidenenumerationswahn

Nee, ‚Ach!' kommt hier nicht vor,
denn Leid vermag mehr ...und vor allem
wieder zu kommen
denn deine verkantete Zurückgezogenheit
ist nur ein ferner Echoklang,
dessen,
durch welches wir seit Jahren schon sind...

Tintenfasswurfabschlussbekenntnis

Weisheit gepachtet, ohne Erkenntnis gewonnen,
festgeklebt an der Selbsternanntheit
verliebt in die unkomplizierte
Möglichkeit mal so eben alles ganz geschmeidig
in alle Sorgenlosigkeit überführt
und dort ehern verwurzelt zu haben
um beim nächsten Blick
die mächtige, natürliche
Erosion
einem mehr entziehen zu lassen,
als des Bodens Grund unter den Füßen

Heavymetalepunkcrossoversein

Wegen mir,
hätte nie etwas anderes als,
wie sie ja alle wissen, und damit ist schon alles gesagt,
und ein jeder in seine Ohnmacht
des Alltags zurückkatapultiert,
wobei Black Saba.. nur das Tüpfelchen auf
besagtem..
Ende bar jeder Möglichkeiten,
durch alle Konzerthallen, mit
Gewalt geschleusten Ignoranz
und Gier nach weltverbessernden
Eigenprofit
waren...

Starkulteitelkeitswichtigniemalswirklichkeit

Wissen, dass du der Trend bist, ist nur der Trend,
Können, dass du nur kannst
ist nur der Moment der wohligen Vereinnahmung,
doch da du Mensch und wild gierig Tier,
wird da wohl ein Geschäft,
mit Dir auf Kosten deiner Zukunft,
oder eben jenem Versuch der Vermarktung,
devot von dir hingenommen werden,
denn du bist/ fühlst dich unbesiegbar

Hochwohlloöblichwirklichwichsendvergebenssein

Kryptisch Momente, des letzten, getrillerten
des lange schon bestellten, des immer noch
geschuldeten,...
und in Wirklichkeit niemals eingeforderten,...
verharre ich still mit der Absicht im Gepäck,
dass einander zu finden wenig
und zu guter letzt nicht immer den Tod
als Anlass haben sollte...

Willstduwirklichrockendäumling

Zwerg des Versuches
im Niederen nicht wirklich,
der Tradition
von Hendrix, seinen Akkorden folgend,
hart, unnahbar und visionär
oder einfach nur wild zu wirken,
vermagst nicht wirklich endgültig
oder konservierend,
dich gegen die wilde Zeit der herzlosen
Visonslosigkeit,
oder deine eigene Leere
durchzusetzen...?
Verrecke!

Aufgeschmissendahinvegetierendsein

Keine Wurst, kein Brot
nur diese Angst, diese Leere,
mit meinem Überfluss nicht zu wissen,
was ich kaufen,
was mich belohnen soll...

Danebengegangenervisonsversuchamende guterzweitersein

Lückenvoller Denkverlustapparat,
wollte ich nicht gerade,...?
oder vielleicht für eine erreichbare Zukunft,
das ein oder andere Manifest,
der allgemeinen Wildheit
wohlfeilbieten?
Ich weiß es wirklich nicht mehr!

Vollbrachtverlachtüberdachtblitzeinschlag gewitter

Fadpelzscheißmorgendanachgefühl
Kleinbeigebenddichnocheinmalsehenkönnend
Allesbereuendschuldigfühlendjammerzitterschreien
Wobeidennochimmerunverstandeneinsamzurückgebliebensein
Undallesjegewesenenverfluchendleben

Fiddeltrillerflagioletthochtonzahnschmerzklang

Wilde Nation, leidenschaftliche Bodenständigkeit
mit der eindringlichen Direktheit,
der hausgemachten, dem Fest, der Unterhaltung
hingegebenen musikalischen Brücke,
in die verbindlichen Innereien
des gemeinsamen Wohlbefindens,
grün, mächtig, und von
den Briten niemals wirklich eingenommen

Ribbentroptortensaalschlachtblitzkrieg

Paukenfelle fleddern,
die zarte Morgenröte gurgeln
die Treppengeländerversöhnungsnummer,
welche Kreuzweh... und von den Abwegen mal ganz zu
schweigen...,
gluckst da doch träge die Bugwelle der Binnenschifffahrtskähne
an den Kay , des nur durch den Fährmann
erreichbaren anderen Ufers,
bevor sie im sanften Fluss der Strömung
sich ihrem Irdischen hingibt,
tröstlich nickt der sanfte Mann,
bevor er die Morgenröte ausspuckt,
und sich die Paukenfelle von der Hose klopft...

Umsverplatzennichtgeregeltkriegen

Entfallen, vergessen, vielleicht gar nicht notiert
nie gehört und in diesem Zusammenhang schon gar nicht,
nicht ignorant, sonder nie teilhaftig,
ganz ehrlich gesprochen, ohne gekreuzte Finger,
ja, wenn da früher mal etwas gesagt,
und wirklich..., denn so schaut man nur noch den
Schlusslichtern hinterher
und vermag dann auch nichts mehr auszurichten,
also demnächst eher, vielleicht direkter
aber auf jeden Fall nicht so...!

Schwadronengekungelnichtmitimclubsein

Sehnen, und immer wieder aufschauen,
aus der Ferne vergöttern, leise, unbemerkt,
Verzehren, und noch mehrfach seufzen,
jeden Abend mit seinem Namen als letztem Wort einschlafend,
in den Wolken, auf dem Wasser,
auf jeder Plakatwand sein Gesicht sehend,
motivierende Kraft,
welche erstmals gespürt,
nie wieder wird sie so heftig
aber auch nie wieder so innig

Sphärenschwebescherzartikelregenbogen

Wörterstau, durch die langen Jahre des Schweigens,
bahnt sich Wege, sucht sich Strömungen,
um die Jahrtausendkruste der Erde empor zuklettern
und sich mit lautem, aufschaukelnden Echo selbst,
von Wänden zurückzuwerfen,
um sich in die Welt zu treiben,
und am Ende auf der perfekten Welle
dauersurfend dahinzuschweben,
welche selbst kreiert,
und sich immer wieder herbeireden lässt...

Visionennichtverstandenunddennochrechtgehabt

Fledermausohren und Flusspferdgrinsen
magische Beschwörungen ohne Halt
dunkle Gruft am Ende eines Ausritts
fahle Nebelgestalten, welche nach deiner Seele lechzen,
und dennoch nicht heiligen Boden scheuen,
hin und hergewälzt und dennoch nicht aufgewacht
Ekel vor allem Danach
und einer Änderung, einem Anderssein,
und nichts sehnlicher wünschen...
Aber am Morgen nach der Nacht:
alles vergessen habend...

Dissonazenglattbügelversuch

Danach getrachtet, was sich selber lobt,
bei nichts Halt gemacht,
keine Rast,
keine Besinnung, immer nur weiter und durch...
kombinierender Fluch der Verknüpfungssuche,
der Ausdrucksvermittlung,
des Stummen
des Aufniedergebocktseins
mit der schelmischen Aufforderung
endlich mal etwas besser zu machen,
und dann vielleicht auch dazu stehen zu dürfen...

Hätteichjemalsdeinliedverstandendocheswar amendekasachisch

Gut, eine gewisse Unsicherheit zierte mein Tun,
da war das Bier und diese vermaledeiten Schnäpse
welche ohne Gnade verteilt,
und niemals limitiert wurden,
doch verstanden habe ich dich bis auf den heutigen Tag nicht wirklich,
doch aus all unserer Sprachunsicherheit erwuchs
eine Legende der Menschlichkeit,
welche manifestierte,
dass Sprache nur weiße Folter ist...
und ich hernach nur noch dein Lied sang...

Gibtesdenmomentdeswirklicherhabenseins?

Glaubst du an mich, glaub ich an dich,
spielen wir das alte Spiel, eben jener
Wichtigimlebendesanderenseinsnummer
oder verzweigen wir uns im
romantischen Versuch des nichtwirklichehrlichseins?
Lass es uns streng an dem Lustgewinn unserer
eigenen Momente
jener sympathischen Unzulänglichkeit
auf immer suchen...
und nie verfehlen!

Höhenflugnieselregenwolkenbesuch

Auf dem Berg der graue Spiegel
eines verhangenen Tages, welcher
mitten in der Wolke
sich auch nur in seiner Trägheit reflektierte

Imvalledejouxundkeineuhrdabei

Zeit   gehalten
wie das Wasser im See
vereinnahmende Ruhe auf 1000 über Null
kleinste Räder für die großen Funktion zusammengefügt,
ein Leben für den Ausdruck der Zeit,
ihr täglich
ein würdevolles Gesicht verleihend

Inneuchatelundkeinenseegesehen

Sturmreife Böen aus unserem Rücken,
den Hügel hoch, wo einst Hesse
seine Ehrfurcht wiedergewann,
kurz vor dem Ziel beigedreht,
zu versessen auf den warmen Schutz,
der Hotelsuite
und dem schwenkbaren Cognac am Kaminfeuer

Genfergischtpinselwolkenleckerdüse

Mit Blick auf den See und seinem Ende in der Rhone,
einfach nur so dagesessen
einzig beschäftigt mit dem Gefühl,
dass von hier aus alle Sprachen ausgegangen
und dieser Wasserstrahl,
vielleicht des Turmes Spitze markiert hat

Landschaftlichesreiseerlebnis

Zwischen hier und da, sprachen sie französisch,
von da bis hier deutsch
an dem schmalen Grad
an welchem sie nicht sprachen,
sondern einen Mittagstisch boten,
hielten wir an

Abschiedsbestwünschehilflosklauseln

Am Ende einer Reise mit zuvor nie Gesehenen,
Der Moment des einfach nur weg?
Ohne unhöflich sein zu wollen?
Man wünscht sich dann alles,
was man schon längst
zusammen erlebt hat...

Gilmourgrellgitarrengriffgenie

In die Klangwelt,
der jenseitigen Sphäre aller Erdtrabanten getaucht,
um die Kunde von dem Jenseitigen
in das Hiesige hineingleiten -schweben
und sich darin vermischen zu lassen,
auf dass alle Mütter
nicht an ihren Atomherzen detonieren

Winseldwaterswindigwolfsgeheul

Pompeii, ein Mikro, der Bass und du,
als hätte Eugene die Axt dir tief
und danach wieder herausgezogen
so und nur so verstand ich
deine Schreie

Morgendanachwoodstockhippieklarsichtding

Waberlohewolkenwand,
in kleinen Winden das Weite gesucht,
den Horizont für das Klare, das Richtige freigemacht,
den Kürzeren... und damit zum Klügeren...,
und für mich zum Wegbereiter
einer neuen Zeit des Denkens...

Detonationskraterstaubsäulenaschenfahne

Das Meer umzüngelt die einfallende Lava,
ohne wirklich Einhalt zu gebieten,
weiter fließt das glühende Erdengedärm,
und raubt dem Meer den Raum,
Millimeter weit über Jahrmillionen,
und nach der nächsten Polkappenschmelze,
holt sich das Meer jeden Zentimeter wieder...

Nichtpolizeilicheeinsatzkraftdergefahren abwehrdienend

Diese beflügelten Guatemalteken, in Sandalen und kurzen Hosen,
völlig unwissend, dass der Sommer in Deutschland
auch im August noch schweinekalt werden kann,
schlurften um 2 Uhr Morgens mit Unterkühlung
von dem Marienfeld in die Sanitätszelte,
in kürzester Zeit war Platz und guter Wille aufgebraucht,
und dennoch lächelten alle,
die Nonne aus Holland mit der Blutdruckentgleisung,
als sie den Pabst sah, verteilte Decken aus ihrem
Handgepäck, schenkte Tee aus ihrer Thermoskanne,
und ließ sich jedes Detail von der Messe erzählen, die sie

hier unter Behandlung verpasst hatte,
irgendwo sprach einer spanisch und deutsch,
sowie jemand französisch und deutsch,
damit ließ sich arbeiten,
bis 6 Uhr Morgens, waren alle versorgt,
das Wort Danke in so vielen Sprachen wie noch nie ausgesprochen
und ein klares Gefühl dafür erwacht,
dass diese sich seit Jahrtausenden, verbrauchende, verschachernde,
missbrauchende und ständig unnötig tötende Menschheit,
einen realistischen Schimmer
einer Hoffnung auf eine friedliche
Zusammengehörigkeit haben dürfte

Bescheidenheitsparadigmawechselneubeginn

Zuviel von dir, zuviel von mir
und mit Sicherheit zuviel vom Menschen gequatscht,
mit keinem Wort, mit keiner Silbe, mit keiner Paraphrase,
dem Kern des niemals befolgten Gelübdes
teilhaftig geworden, oder eine mögliche Klarheit
in diese lichtlose Abgründigkeit, hineingebracht zu haben,
mehr Zweifel gesät, als Vertrauen geweckt,
mehr das Chaos bestärkt, als die Zugehörigkeit lanciert
zuviel im Kryptischen, Verbrämten,
der gordischen Verwirrtheit gleich, definiert,
oder symbolistisch versucht zu vermitteln,
als auf den Punkt gebracht und den Nagel auf den Kopf
getroffen...,
doch trotzig bleibend und sich nicht
dem momentanen Tief ergebend,
nicht sich der Hetze über untergehende Kulturen ergebend,
oder das Niedergangsdrama einer friedlichen Nation
mitsingend,
geschweige denn zu glauben, dass es kein Christkind
und am Ende kein gleißendes Licht
und schon gar keine Sinnlosigkeit irgendeines
jemals leidenschaftlich gelebten Lebens gäbe

Sonnenuntergangsschimmerndverstandenheitsgefühl

Einfangender Moment, welcher Fragen los zu der Beschreibung
seines tieferen Sinns verpflichtet:
Die Abendsonne über dem Horizont,
die russische Basilika gesehen und ihre Kombination mit dem
Rot der schwindenden Tageslichtbefohlenen
schon zu dem Bild des Tages erklärt,
als nach einem Weg, den Hügel hinab,
beim Wiederaufstieg, das letzte Licht auf
das Gold der Pforte
von Olbrich's Hochzeitsturm fällt,
und in scharf geschnittener Reflektion,
den Rahmen zu dem wirklichen Bild des Tages,
am Ende seines letzen Lichtes
und meines ersten Buchmessenabenteuers
bildet

Nachgelesennieverwesenwahrheitsdudenglück

Bitten durfte immer jeder
nur bekommen nicht immer keiner
und auch wollen war jedem in unbegrenztem Maße möglich,
wobei daraus auch nicht immer wirklich etwas geworden
und schon gar nicht zusammengefunden
oder sich synergistisch verbunden hat,...
Martere dich nicht mit Sinnhaftigseinsuche...!

Einundertachziggraddrehungsverhältnis verwirrung

Der Außeneinband gibt die falsche Richtung vor,
tückisch, verstörend, das erfasste Verkehrbild
erst nach einigen Seiten verstanden und umgewendet,
sich der geistigen Trägheit schämend,
und hernach das Buch mit eben jenem
verdrehten Außeneinband wieder so
und nicht anders in den Schrank zurückgestellt

Fingerindiewundeundmächtigherumgedreht habend

Sprache lieben, heißt sich so manch einer Verwirrung,
unerklärlichen Verzagtheit, oder diesem täglichen
Wahnsinn, von Füllseln oder
Unbeschreiblichkeiten hingeben...
und sich dadurch nicht verzweifeln zu lassen,
und zu glauben, dass Liebe
berechtigte, billigend hinnehmbare Qual ist,
welche nicht in die Ohnmacht führt,
sondern vielleicht einmal
zur Erklärung befähigt

Outingerlebnissaufseitevierunddreissignochnieerlebt

Raus ist es, dieses Gefühl, welches ich damals
in den zuversichtlichen siebziger Jahren mit eben
jenen Songs wie ‚Morning has broken' hatte...
erneut erfahren, Jahre später,
als ich auf Gomera durch die Wälder oder
auch verträumt am Strand von Valle gran Rey
trommelnd, das Abendrot begrüßend
und den Tag verabschiedend,
dem Gefühl folgend, dass
diese wilde Welt, hier ihr Paradies, ihre Vollendung,
als der neue Baustein für ein neues Jahrtausend
gefunden haben konnte und ich vielleicht
ein verschwindend geringer Anteil,
oder vielleicht eine Nummer in jenem System hätte sein dürfen,
bei all den sonst so vor sich hindümpelden Katastrophen
welche mir hier viel weniger
und gar nicht so relevant,
also meiner Selbstzufriedenheit zum Opfer gefallen
und niemals den Orbit, des eigenen transzendentalen
Geistes hätte über den Horizont von Bochum
erheben und weit mehr als eine
Jogadehnungsnummer hätte werden lassen können...?

Fanalbeschreiungsfeuerwehrmitternachts katastrophenlöschaktion

Kleiner Funken, unterschätzt
Und doch zu großen Feuern
bestimmt und vielleicht so auch geboren
kämpfst mit dem Tropfen, der das Fass zum Überlaufen
und dich damit zum Schweigen bringen...
Nein, nicht wirklich könnte...?!

Liebevollappellangetretenzumentsorgtwerdensein

Kleingefühltes, großes Geschehen,
im Wirbel wilder Windeszeit
nicht du, oder dein Echo,
vielleicht deine Idee ist die Kraft,
welche wir atmen, leben
und am Ende weit über unsere Existenz,
und diese schnöde Selbstverwirklichung
stellen,
versuchen wir uns alle von der geduldigen Seite
einzuschätzend zu versuchen...
und nicht nur dabei zu sein!

Weiblichwitzwegweisererklärungsgehilfin

So hast du gesagt, was ich nicht
verstanden und du auch nicht so gemeint
wie ich es hätte verstanden haben könnte,
und lachen kann ich schon gar nicht
über jenen Witz,
welcher alle Frauen vor Lachen zum Bersten bringt

Spinatamschneidezahnundniedarauf hingewiesenworden

Stets geglaubt, bei dem Satz ‚Da kommt er ja'
garstig verhöhnt gemeint worden zu sein,
und nicht wirklich die Option willkommen geheißen,
in Erwägung gezogen habend,
und sich dadurch immer mächtig im Weg gestanden habend,
was für ein Schattenzwergendasein
welches nach all den Jahren, nur Verschwendung
und sicherlich kein Zurück beinhaltet

Leidenschaftsrockrevivalmusikneuerfunden habendfanal

Mit Vorschlaghämmern keine Fressen,
sondern Schlagzeuge,
mit Kettensägen keine Gliedmaßen
sondern Gitarrenseiten
voller Leidenschaft
zu dem tansgalaktischen Klang
vereinend,
und dabei
meilenweit von dem nett kongruenten Verstehen
des wirklichen Rocks
Position findend...,
in das Auge des Sturmes gerotzt,
gegen die Rotation des vielfressenden Wirbelsturmes,
jener sich selbst beweihräuchernden Zukunftsvision gepisst
und dadurch
wenn auch vergessen,
mehr bewegt,
als jeder Münzenklickersammelbehälterträger
zu Weihnachten in der Fußgängerzone hat,
und obendrein Wunder vollbracht!

Öscheitelverbalkonvulsivgermanvorzeigeattitüde

Betroffenheitssingultus,
stöhnst dich durch die Jahrhunderte jenes Augenzwinkerns,
verschluckter Schrei am Boden aller Melassefässer,
moosbewachsene Dachteerplatte,
in Fetzen über das Sims hängend,
und den Nieselregen verfluchend,
sich nach dem Frühling sehnend,
um am Ende dann doch von einer Böe
abgerissen und hinfort geweht...,
und jene herbeigesehnte Wonnesaison
wird wieder einmal zu schnell passieren,...
am Ende nichts wirklich bewegt haben
und nur wieder dem Traum der nächsten Hoffnung
eine warmes Heim bieten,
was dann dem Fass
wie immer den Boden ausschlägt,
und verunsichert in das große Spotlight
des nicht wirklich authentisch Gewesenseins
blicken lässt,...
Wie gut dass es Zyklen gibt!

Heavyrockseitenscheitelimmerdabeigewesenseingefühl

Ohne, dass der Stuhl weggezogen,
mit dem Steiß auf der Kante aufgesetzt,
empörte Blicke nach hinten,
wo niemand von Schuldigkeit neben dem
alleinig bitter- böse grinsenden Schicksal stand,
dem Stuhl einen Tritt verpasst,
da sich niemand zum Bestrafen anbat,
und sengende Schmerzen gehabt,
welcher auf der achtstündigen Autofahrt
am nächsten Tag einen nachhaltigen
Lerneffekt auf die Proportionen
des Realen wachsen und gedeihen ließen,
sowie mein Weib ob des blutigen Sitzes
Zeter und Mordio brüllen ließen,
und ich beschloss, mich beim Hinsetzen
häufiger mal umzusehen, besonders,
wenn die Nacht dunkel,
und ich nicht mehr ganz nüchtern...

Schönfrauenimregenanderbushaltestelleaufreihung

Immer von diesem Licht quatschend und
eher von oberen herab betrachtet zu werden,
ist nicht wirklich schändlich, denn es gibt nun mal
viele wirklich Größere,
welche einem ganzschön etwas...
und vor allem nachtragen, oder übel nehmen...
doch es besteht ja doch zu dem ein oder anderem
kleinen Maß die Möglichkeit,
der späten Reue
auf eben deren Seite?!
Doch dann lässt man es eben nicht zu, dass
Sie eben jenes Licht
gesehen haben...
Man ist ja schließlich nicht einfach so
ein Christ...
denn in der Kunst heißt nicht rechtzeitig dabei,
nie dabei gewesen,
und am Ende gar nicht existiert
zu haben...

G(ähn)lück(en)abgrundvertraulichkeitsgeste

Zähne zeigen,
Wohlbefinden in einer Drohgebärde
Zusammengehörigkeit
am Ende eines Weges
lässt sich nur durch Bedrohung
ausdrücken...
und dann liebevoll leben!

Adamundevaohnelendenschurzgefühl

Nicht nur, dass es nicht so war, wie du dachtest
es hatte auch deutlich Züge dessen,
von dem ich mir auch nichts gedacht hatte
und damit waren wir beide
unnötig der Kränkung zum Opfer
und ich auf jeden Fall
gefallen

Demmanischenorganisationsgefühlzumopfer gefallen

Keine Meinung dazu
zu schnell konfrontiert
und noch viel zu sehr
im noch nicht Klaren verharrt,
ohne dich, so wie mich,
so auf der Stecke lassen zu wollen

Vielleichteinestagesdastellichmichdochauchmalan

Meinen schlimmen Finger
in die Wunde deiner blutenden Hoffnung
legend und leidlich dezent
hin- und herdrehend
ohne dass es jemals vergessen,
oder irgendetwas verheilt sein könnte...
Darin sehe ich
meine dich liebende Seite...

Tiefstimmenprärieerscheinungserzählung

Was tat er denn, der alte Cowboy,
als er nach der Parade der Geisterreiter,
geläutert hinfort reitend
mit dem Gefühl im Herzen,
seine Tage nicht mehr verschwenden zu wollen?
Er sprach dem Whiskey zu,
und ritt nie wieder raus...

Mamaafricasherzenswunschmelodie

Ein Ton nur,
vielleicht der Ton,
welcher diesen inneren, durch Worte unerreichbaren
Schalter vermag umzulegen
und hernach
allen ein Einssein
einsingt,
um sie für Momente auf den Wogen
deiner Leidenschaft mitgerissen zu sehen

Mittellagenstellvertretendermezzobariton ersatzsinger

Krankgeworden ist er, der Vorsänger,
jener Wichtigtuer, welcher
seit Jahren mir vorsteht,
ich räche mich,
indem ich seine Arie heute Abend singe,
und kräftig vergeige...

Ausscheißegoldundamendedochnurdritter geworden

Wie würdevoll ist Bronze,
sie verliert nicht ihren Glanz
und hat auch nicht die Stirn anzulaufen,
ihre zeitgebundene Verrottung
trägt sie durch eine Patina zur Schau,
einen stolzen Mantel der Zeit
wobei....,
am Ende alles schön geredeter Gammel?!

Klangchronik I

(für Karen Carpenter)

Ausgemergelt, ausgezehrt, verlassen von allen Fasern,
durch eine innere Verdammnis und Abwehr,
und immer auf den rechten Ton getrimmt,...
jenen zwar gefunden, getroffen,
mehr noch, perfekter, als das eigene Glück...
an eben dieser Dissonanz zerrissen,
ausgesöhnt mit dem kommerziell Verwertbaren
und vereinsamt in dem Hotelzimmer
der täglichen Wechselbarkeit
der Chart- Shows, des Immerzulächelndapportiergeschäfts
sich selbst in der Zuckerwattehülle
nicht im rechten Licht,
und schon gar nicht zu Hause
vor allem aber nicht gewürdigt,
verstanden
zumeist ausgenutzt zu fühlen...
was für eine Verschwendung einer der wundervollsten
Stimmen...

Klangchronik II
(für Janis Joplin)

zerfetzend, zerreißend, überschlagend
stöhnend, entsetzend,
und dennoch liebevoll vereinend,
umschmeichelnd,
behütend
unter dem Dach deiner unendlich
heftigen Leidenschaft,
deiner kreischenden Schreie,
welche die Herzen aus der Brust... und
zurück in alle Seelen stopfend... waren,
wurdest doch auch nur ein kleines Opfer
auf dem Altar der Selbstherrlichkeit Anderer
und scheinikonisiertes Monster
in feuchten Träumen,
ohne dass jemand
je den Mut gehabt hätte,
dich genau
dafür
zu lieben...

Klangchronik III

(keine Angabe)

Alter Mann, wilder und treffender,
als du in all deinen Jugendzeiten je gewesen
oder vorgegeben hast zu sein...
grapschst du dir jetzt eine deiner Klampfen
setzt dich vor ein Mikro
und erzählst mehr Gefühle, Momente,
Wahrheiten eines Lebens,
als es einer der Unseren im hiesigen jemals vermag zu
erreichen,...
stampfend, rollend, und in keiner Scheinminute rockig
machst du den Kehraus, den Garaus,
die kleine Schuhputzerwohlfühlnummer
für eine sich nie wirklich gefundenen Gesellschaft,
welche nur Angst vor Vernichtung
durch die warme, ehrliche Art hat,
welche im Morgen danach keine Momente
eines Verlustes, oder des Endes
eines Schlusses
beinhaltet

Wasauchimmerichschonlangemalerwähnenwolltemiraber nieeingefallenwarundschongarnichtpräsentwar

Ja, da war er auf einmal weg,
totgesagt für so viele Jahre und jetzt
nicht mehr die Lachnummer, wenn er
die Schwelle der Kneipe betrat,
denn zu lange gewartet,
wurde all die jahrelange Heiterkeit
zur Wahrheit
und somit
zur Unzeit,
und dadurch zur extremen Erklärungsnot,
dass es immer weiter gehe,
dass alles so unscheinbar einfach
und nicht wirklich ernst, und voller Konsequenzen
für einen selbst, oder die Zeit hinter einem,
hätte jemals unverbindlich
werden, reifen, gereichen...
können,
und nur dieses Ding mit der Endlichkeit, wirklich
heftig übel nehmen
würde

Aufdreiundviergespieltundamendeniewirklichzusammen gefunden

Während Carmen, diese dürftige, bei einer anderen Nation geklaute
Jammernummer, nur entliehene Identität, und auf keinen Fall eine wirklich temperamentvolle Spanierein,
oder sonstige wilde Frau vermag zu definieren,
ist der Rest der Operntrullas auch nur der
Ausdruck einer kreierten Welt,
welche sich versucht wenigstens für den Moment der
suggestiven Bühnenmagie in die notwendige Szene zu setzen,
um am Ende den Sachverhalt der wahrlich natürlichen
Empfindung, in anbetracht aller dieser neugierig
und an den Innereien interessierten Berichterstatter
Lügen zu strafen,
während die Horden des Wölfischen sie belagern,
und das Libretto sie am Ende,
doch zu gefühlten Gewinnerin
einer jeden Grauslichinzenierung
werden lässt,...
einfach nur so...!

Treppenstolperkugelunsanftfallnummerpeinlichkeits moment

Selbst der Griff zum manipulieren abgebrochen
interessante molekulare Auflösung
und als letztes erst das Augenlicht verloren...
nach der Taubheit nur noch Fratzen,
ohne verbindliche Inhalte sehend,
verstört in das tägliche Unverständnis grinsend...
nach der Blindheit dann
nur noch tastend, taumelnd
herumgewankt und sich mehr Händehaut
versengt, als sich Ohrfeigen für Fehlgriffe
gefangen zu haben,
verstümmelt, verkrüppelt,
und nie mehr in der Lage Walzer
oder Polka zu tanzen,
oder eine Ordnung zu finden...
eine Zeit, in welcher mich täglich das
tiefe Gefühl der Entspannung
in meinem Handeln bestätigte

Fadenkreuzerfasstheitsgrinsen

Für Oper interessiert und noch lange nichts an der Prostata,
noch kein Golf gespielt, bei all der wundervollen Weiblichkeit,
keinen Porsche im Stall, aber immer schon auf vier Reifen unterwegs,
nicht jeden Morgen die Knochen sortierend, und dennoch Schmerzen,
die Generationen verstehend, aber in dem
allgemeinen Fluss der gauklerischen Karrieren nicht mitschwimmen wollend,
und mehr und mehr zum Herold
zwischen der schwindenden Selbstgefälligkeit,
welche auf Pump Wunderbares vollbrachte
und der Generation, die die Zeche ohne vorheriges
Vollrauschgefühl als ihre einzige Aufgabe vorfindet,
und alle dennoch nie an einen Tisch bekommend,
verschmitzt mit dem Auge der Wiedervereinigung grinsend
und dennoch nicht wirkliche Einsicht,
besonders in der materialverliebten, durch Gegenständlichkeit definierenden Welt, erzeugend...
Vielleicht doch Porsche, Puccini und Prostata...?

Pöbelproletenperverspersifalgenpetition

Metal,
eine trillernd flirrende schnelle
heftige vernichtende vereinende, das Leben bestimmende
Form der tief empfundenen Musik,
ohne jemals kleinbeigebendlaut
oder auch nur Pause zu machen...

Entscheidunggetroffenundtrotzdem nichtpopulärsonderarschgewordensein

Familiäre Säure am Freitag Abend,
entnervte Wochenübersicht,
zu hohe Ansprüche an die Freizeit,
welche vor der Erholung die Vollfüllung
und damit das eigene Überleben sichern sollte

Sonnenuntergangsersteratemzugdeslebens teilhaftigsein

Willst du wirklich ein Cello
für die Vision deines Lebens verantwortlich,
oder federführend
machenwerdenlassen?
Und dann begreifen, dass
es hätte, besonders für die Mädels,
Saxophon oder Gitarre
hätte sein müssen?

Weltausstellungsjahrhundertwendengefühls wildheit

Satie war angetan von den
quirligen, der Mandoline obszöne Schnelligkeit und Vitalität
abverlangenden Ungarn,
während sich Debussy an den Eifelturm lehnend
von dem Gamelan Orchestern
tiefe, nachhaltige Inspiration
auf der Schwelle zwischen zwei Jahrhunderten
vermitteln lassen durfte

Jahrtausendgefühlneubeginnrepetition

Dürftige Momentvertreibung
und Befriedigung des dem Fluge angepassten
immer wiederholten Jahrtausendwechsels
in eben jenen zur Verschrottung preisgegebenen
Überschallflugzeugen,
einer längst vergessenen Epoche,
jetzt, wo die Zukunft begonnen hat...
und auch Jubel für neue Jahrtausende, nichts mehr bringt

Kurzessenztiefenrespektzollendmeinmoment

Was ihr erreicht,
erstreb ich, soll ich es fühlen
doch wird es Jahre, vielleicht ja Tausende
bedürfen und verschlingen
ich sitze, lieber Kästner,
auch hier zwischen allen Stühlen
und werde trotzdem was vollbringen

Genertaionenweitergabelückenproblem

Der Vater hat's dem Sohn gesagt,
der Sohn hat gar nicht nachgefragt
der Enkel blieb fern dem Übertrag,
die Freundin nahm ihn in Beschlag,
So hat jede Generation seit ehedem,
mit der nächsten ein Problem...

Reperschotterrotterrollengegenschlagesding

Exzentrische Ergötzlichkeit am Ende einer Hafenrundfahrt
mit schwankendem Kahn gerade noch an die Uferböschung,
um am Ende doch das Meer in sich mit an Land zu nehmen
und ohne niemals mehr sein zu können,
der Preis
für den Landgang der Menschheit

Truppenübungsplatzrückzugskleingarten vereinsmentalität

Verlassenes Wortgefecht, am Kreuzungspunkt
im vorausgeahnten, sich diffus verflüchtigenden
vom Schild der Zeit abperlenden
sich durch die echoenden Lichtstrahlen,
längst verloschener Sterne seinen Weg bahnend,
hierbei einen Grossteil seiner Kraft
an die Reibung abgebend
und hernach doch noch laut, schrill
gleißend genug für erblindete Taubheit
die Mitte aller Zentren treffend,...
eine Eindeutigkeit nicht verleugnen können
lächelnd hinter einer Ecke hervor zu blicken,
und mit kräftig hervorgestreckter Zunge,
alles,
vor allem sich selbst
verhöhnend...

Karambolagenkotzkrötenkleckerkram

Irisierende Füllsel, in den Fugen der Zugigkeit
zerborstene Zagen am Splitterabgrund
Schmerzüberreiztheit bei Totempfahlbrand
in die Glut gepustet und den Bart versengt
faustschwingender Aufruhr in Kopfsteinpflasterregen mündend
schlaftrunken in die Samtschwärze der Nacht gestolpert
bei flackerndem Streichholz nichts gesehen und die Finger
verbrannt,
um am Ende durch den Kegel eines Suchscheinwerfers erfasst
im Kalten Wasserstrahl davon gefegt zu werden,
triefend nicht zur Ruhe gekommen
polternde Schritte, der ungeordneten Flucht,
Abtauchen in Kellergeschossen, den weißen Atem sehend,
abwarten,
bis das Pochen im Inneren, die Unruhe da draußen
sich beruhigt und dann erneut nachhaltig gestört werden kann,
schlagende Schreie des erneuten Angriffs, der erneuten Attacke
um wenig später wieder tropfend in Kellerlöchern
frustriert, frierend auszuharren...
und keinen Moment ans Aufhören zu denken!

Bizarrbazarbauernbüttelblitzbirnenblock beleidigung

Aus dem Corpus geflossener Klang,
welcher zu schwer, zu getragen sich gen Boden ergießt
pervertierter Zustand einer unmöglichen Interpretation
formschön vorgegebener Daseinsvollendung,
klebrigen Antlitzes, zickiger Selbstverliebtheit
am Boden liegend, als erhöhen könnend auf sich
aufmerksam machend und mit Nichten
die Scham zu haben, statt dessen lieber zu verrecken,
ungehört in die Profile der Schuhe getreten
und hinfort aus dem Raum in die desinteressierte Welt
getragen zu werden, sich dort für immer vergessen zu lassen,...
sondern statt dessen sich als Maßstab aufzuspielen
und von der Allgemeinheit auch noch angenommen,
dafür geliebt zu werden...

Krähenkellerkinderknüllerknotenklarheit

Dumpf staubig schwelende Pilzsporenflut
im feuchtkalten Gewölbe
Tribute an karg verklungene Schreie,
Jahrhundertrost auf schwerer Eisenvergatterung,
seltsam fremde Instrumente
in stillgelegtem Frieden
Rattenrascheln, sobald ein Lichtschein
oder eine andere Regung von Gnade erreicht,
viel zu lange schon vergessen,
in den Verließen,
am Ende ihrer Zeit weggesperrt
und nicht weitererzählt
oder am Leben gehalten,
was hier tagtäglich
zu Tode gekommen...

Obamabinladenkonfliktlösungerstrebungsamt

Nicht geplant, und nicht geahnt,
am Ende völlig unerkannt
nicht mal im Amt und niemals ausgesandt
ohne einen Sinn geschweige denn Verstand
ein Land, das völlig abgebrannt
und niemals wirklich gut bekannt
niemals gefragt nach Sünd und Schand
das alles ohne Fortbestand
galant, ja ganz galant
von dem Mund in jede Hand
und niemals wirklich artverwandt
wohl ganz von Sinnen in dem Land
welches niemals zu sich fand...

Kleingeistscheißhirnrissigspontipseudolegendenseemanns garngewäsch

dreckige dürftige doll herausgekehrte Zentrumichattitüde
daneben eine Hörminderung gegen alle Verbesserungund
Umkehrversuche,
darf man dieses dann als im eigentlichen Sinne
Anti-sozial oder bestens selbstzentriert dem Übeleben,
sowie dem Erhalt aller an einem selbst für positiv empfundenen
Eigenschaften definieren,
und in der Quintessenz
als einen irgendwann einsam, aber
strickt und konsequenten Weg
für dennoch gut
sowie ebenso vergebens bezeichnen
wie genauso am den vergessen werdens,
vermag unheimlich bitter zu sein....

Feierabendamendeseiendleerwortgefühl

Ummantelnd, luftnehmende Erwartungshaltung
dem Moment vorausgeschickt und nie darin geprüft,
kleingewobener Stoff einer vorgeschriebenen
Verpackungsnorm
ohne rechte Öffnungsvorschrift oder Entsorgungserklärung
lass dich doch nur einmal auf einen anderen Tag verschieben

Wenndertitellängeralsderversdenerankündigen
Sollistunddabeidiebodenhaftungdesgeradenoch
Ertäglichamstücklesbarenworteserreichtundam
endenichtwirklichweiterbringt

Yes, we can!
Nein!
Wir wollen aber nicht!

Reisenbildungserfahrungmalganzandersund Oderoderumgekehrtgemachtjedochnieinter nalisierthabend

Kasachischer Konterrevulotionsversuch
um dann doch im Kleinbeinbeigeben bestehen wollend,
im willkommenen Kompromiss zwischen durch,
wenn die angedeutete
bestehende Reaktion alles schwülstig Aufgebauschte
verschlingend ihren Weg fortsetzt

Kreischzickenarrogantentantenhühnersabbergelaber

Der blöde Arsch, vermag sich nur an falsche
und nicht an mich und meine Leidenschaft,
verschwenden und verschleißen
wobei ihm die eigentliche Offenbarung
ständig vor dem Auge und dem inhalierenden
Dasein
ergebene Patrouille geht

Faktenschnitzelschussschotterschrabbel schrintzschrantzschreiner

erinnerlich ist es nicht mehr,
nur fühlbar und damit ersehnenswert, begehrlich,
dich durch die Lande streifen lassend,...
Keine Sekund ruhen! Sich nicht zufrieden geben
mit der guten pragmatischen Zweitlösung,
dem Kompromiss, nur fixiert auf
die vollendete Möglichkeit der Vollführung
dieses Gefühls und seines weittragenden
Befriedigungspotentials, dem inneren Lustprinzip
der Gipfelstürmung,
dem aufatmenden Angekommensein,
dem Heim in der Nähe eines anderen Menschen,
dem Aufgegangensein
in der Aufgabe von Selbsthass
und der Annahme der Liebe
dem Menschgewordensein...

Visionenwahnsinnspuzzleteilchenungenutztunddadurch schnellvergessen

Die Legende einer Superwaffe... :
V2, Excalibur, SDI... am Ende
der herrenherschaftlichen Vereinnahmung,
zum Kubakrisenkater leitend...
Der Versuch,
die eigene Unzulänglichkeit, das eigene Versagen
in Glorie zu verkehren,
und dabei nachhaltig zu wissen,
dass ein jeder Schuss, Hieb oder Strahl
der Vernichtung anderer
nur nach hinten losgehen kann

Keineahnungobichjemalswiederbodenkontaktgeschweige denneinerealistischeeinschätzungmeinesseinshinbekomm enkönnteodervielleichtanstrebenmöchte

Eingedrückt, eingerückt und nicht im mindesten verzückt
abgewrackt, vollversackt, und immer heftig abgeschmackt
Sag mir, warum ich dich jemals angepackt
Bin ich auch wahrlich gut bestückt
doch zu verrückt, als dass es glückt!
Ich sag nur: Such a Fac t!

Beimduchblätternhängengebliebenundfür sichselbstvölligneuentddeckt

Das zweijährige anstrebend
das fünfjährige fühlend
das zehnjährige nicht sehend
ein Revival zum fünfzehnjährigen bemühend...
Die Reife zum zwanzigjährigen endlich erreicht zu haben,
um am dreißigjährigen derb erkrankt
auf das vierzigjährige nur noch hoffen zu dürfen...

Aufeineranderenebeneverstehendunddadurch nurexotischundnichtverstanden

Grabbegrabesstille im Schlierenschatten des mitternächtlichen Friedhofs
verschlagen, weil falsch abgebogen, in eine Gruppe
schwarzwamsiger Jugendlicher in triefend tief trüber Todessehnsucht
ohne jemals den Mut dafür wirklich zu haben,
tief einen Becher Met inhaliert und über einen Grabstein gefallen
die restliche Nacht in der Krypta des Vergessens verbracht
verunsichert am Morgen danach,
ob der beim Aufwachen vorgefundenen Szenerie
wobei am Ende nie wirklich nachhaltig verwirrt

Altenteillangsamungeordnetesdemenzweltneuent deckungsgefühl

Kleinfeinstwinzling
am Ende der Nacht
dann schließlich doch erwacht,
nur jetzt nicht mehr Erfolg gebracht
hättest mal an mich gedacht
das ich es hass, wenn ich verlacht
und wilde schimpfendschande Schmacht
mich kirre macht,
so dass nicht wirklich angemacht
und souverän sie so bedacht,
wir haben das Ding nicht fühlbar gut gemacht!

Ratschlagumsonstfürdeinlebenundallefolgendenjahre gratisangebot

Hast du die Frau überlebt,
so frag dich, ob du auch die gemeinsamen Kinder überlebst,
die daran hängende Verwandtschaft mit all ihrer Zerrissenheit,
die gewachsenen Freunde, welche dich nur beäugen
und mit den ehemaligen Gegebenheiten vergleichen
frag dich, ob du für alle diese Selbstverleugnung
stark genug bist

Freieaustauschbarkeitsnichtwirklichwillkommenundsowie eingeschwüramarschsein

Was sollte man denn persönlicher nehmen als
dieses ständige angeschwiegen werden
als diese Ignoranz, diese Momente entweder großartig
oder nicht mehr als der zweite Hilfsscheriff
in der Rückbierannahme zu sein,
ist es denn nicht auch wichtig
sich ehrlich angenommen zu fühlen
sofern man es selber kann ...?

Nichtmehrzuderaltenformunddadurchnicht mehrzudemwortderbefreiunggefunden

Negativ sich herumtreibendes Altfrauengesicht
ungerecht und vernichtend
nicht zermalmend genug für den Tod
doch für das freie Leben auch nicht geeignet
beleidigt zwar und dafür strafend
doch wen kümmert es,
das am Orbit des nachvollziehbaren
kratzende Schicksal
in all seines kleinen irdischen Echos
vielleicht liegt die Antwort in der Oper

Dramababylassdiehandetaschelebenund vergissnichtdassdusterblichbist

Wissen und Können weiterzugeben
ist die wirklich Form eines erstrebenswerten Lebens
einem Leben, welches nicht verschollen am Ende
der Polkappenschmelze der Historie einen Versuch, ein Abbild
in Form eines Schneeadlers im Selbstvollbrachten zu finden
oder sich über repetierenden Schwachsinn
immer wieder aufs Neue versucht zu
enttäuschen oder in Szene zu setzen wünscht
und dann doch nur dem Üblichen zu entsprechen
ja, mehr noch sich in ein niemals verlässliches Aus,
jedoch nicht ehrlich zu den Grundfesten seines
unnachgiebigen Versuchs zurückzuführen vermag,
zärtlich angeschmiegt dem Tangierenden aufzuliegen,
wie ein Plattierung von edlen Metallen,
welche auch nur sich auf das heuchelnde
verbrämen von Holz zu verstehen vermag
und mehr vorgibt als es jemals darstellen
oder sein könnt zu bewältigen
so doch am Ende ganz es selbst ist...

Nichtsoderpartyoperntypunddochsehrkultur begeistertfeinfühlig

Was betäubt sie,... diese innere Unruhe?
Keine auch noch so wohlbefindlich gemeinte Religion,
oder Glaubensanschauung im verlassenen Weltengebummel,
welchem stets mit der falschen Palette ohne die Farben des
Lichtes
versucht wird auf den Leib, die Wirklichkeit
die Nachvollziehbarkeit oder die Elemente aller
nicht wünschenswerten Abtrünnigkeit, zu rücken
verliert sich so vieles in der Gäue des nicht,
nicht wahrlich, so jemals
ohne die simple Wahrheit des Selbstverliebten.., !
Haben wir alle doch nur
dieses Ding ohne Herz in uns
kalt gelebt und keine Frage beantwortend,
welches in verzweifelten Momenten als Seele
oder sonst verflucht nur als Gewissen bezeichnet
und vor sich hin gammelt

Romantikaugenzwinkertragiktriefdöneken

Gerissen, und damit entzweit, eine
Ewigkeit, vielleicht ein Leben nur,...
mein Herz, welches du pochend
in mir warst, verdorrt die Blüte
einer nie wirklich aufgegangenen
Blume, deren Farbenpracht keine Vergleiche scheuen hätte
müssen,
und doch nur eine möglich erzählte Legende
im Fluss der alles vergessenden Geschichte
oder in den Uferreusen, den Schlammstrudeln,
der Deltaendgültigkeit, der sich im Meer verlaufenden Ströme
wurde,
um sich dann doch einst als Kondensat in einer Wolke
wieder in diesen Strom geregnet zu sehen...
die Geschichte von Scheiden und Vereinigung
immer wieder auf ein Neues erzählend
und trotz aller Regurgitationen niemals
echt der Lächerlichkeit preisgegeben zu haben,
das wäre die ideale Partnerschaft

Präfinalesdadainfernosprachbabylonisches

Spätgebrauchtes Güldenfratz, Ratzekatz und Abartsschatz
Verworren, vielleicht viele Veilchen verwünschend,
weil dort die eine oder andere Allergie
und dann doch nur eine Sargnagelmentalität deiner Liebesgaben
gesehen,
die nicht vorhandene Empathie getragen von der
Polypragmasie des nicht mehr alleine Seins getragen,
wodurch das eherne Prinzip des Althergebrachten
konterkariert, dem Froschkönig gleich an die Wand geklatscht,
ohne eine jemals erhaltene Chance der Verwirklichung,
zu den Protagonisten in die Reihe des Starapplauses
hätte treten und genießen können,
ohne wieder mal am Ende der Tournee als die hoffnungsvollste,
mögliche, zu diskutierende Neuentdeckung zu gelten,
sich am Abend der Bestandsaufnahme im verglühenden Gomorra
ohne Eintrittskarte für das boomende Sodom zu sehen,
sowie das Salz deiner Tränen bei der Alten von Lot zu borgen,
welche starr und ständig versteinert den Ungehorsam in Mineral
darstellt,
so hast du wenigstens etwas von ihrer Strafe,
am Abend, bevor sie dann auch das beneidete Sodom im
Feuerregen
zu der Asche deiner naiv gestrickten Illusion werden lassen

Barocktüdeltrillertrallertanzundamende dochnichtballkönigingeworden

Gesammelter Krähenschreiekreis über meinem Haupt
perfide Strategien ausheckend, nicht vor mir draufzugehen
im Schwarm mehr Energie und Würde hütend,
auf dass die hungrigen Schnäbel nach jeder zwangsläufigen Exekution
sich flatternd, draufstürzend laben dürfen
und dem Irdischen den bestimmten Weg der Vorhersehung
klarmachen dürfen, ohne dabei selber zu kurz kommen
zu können, in wilden Moritaten zum Sinnbild für das
verderblich, verbleichend, auszehrende Diesseitige
Pate stehen zu dürfen,...
wobei am Ende doch nur gierig
aasgeiles Flattervieh aus der Kategorie
der Luftrattenfraktion zu sein...
und gerade deshalb zu den Siegern
im Überlebenskampf der Stärkeren
und aller sie vertretenden Mächte zu gehören...
gestammelt, geflogener Krähenschreiekreis
über dem Haupt einer sich verabschiedenden Welt
welche sich schon viel zu lange als eine Schöpfung
besungen hat
und all ihrer Krönung nur vermochte die Krone
in die Stirn, die ihr das Lebendige bot zu schlagen...

Rotnasenalarmwobeidafürgeliebtunddochnicht rechtverstanden

(für Dylan Thomas)

In die Tiefen eines Clubsessels gepfeffert, in das Gespräch mit den Mäzenen
vertieft, wobei diese mehr Geld als Reife, man selbst
mehr Cocktails, als Verständnis
die Zukunft in hohen, sowie tiefen niemals singbaren Tönen umschreibt,
und doch nicht recht oder mehr billig verstanden wird,
am Ende eines konspirativen Treffens im Sinne einer
nachvollziehbar, revolutionären und alle beeindruckenden Kunst
nur im glasigen Blick des punktfixierenwollenden Betrunkenen
vermag zu schauen, da doch den ganzen Abend Inspirierendes floss,
so doch der Arsch der vermarktenden Wirklichkeit
nie sich wirklich hochbekommen, attraktiv vermag zu erscheinen
schon gar nicht knackig oder sexy
ja nicht einmal existent
in all seiner Sitzfleischvielfalt, den Sessel füllenden Trägdickheit,
welche die Flucht aus den Clubsesseln für heute
unmöglich, chancenlos werden lässt,
halten wir uns also den Fluss der Inspiration...

Waschweiberschimpfendnotstandsverbal
ordnungsgesetz

Kampfbeschimpfungslechzendrockigpunkschandgeschleuder,
willst du im Rennen um diese Begehrlichkeit, wie immer
den guten zweiten Platz, oder die Option der historischen
Vergessenheit wählen, oder mehr
die Ausdemschattentretenvariante erstreben?
Deinen wahrlichten Neigungen entsprechend profilieren
wollen,
auch wenn es auch nur eine verlassenere Seitenstraße,
einer Lagerhallengegend, irgendwo bei den Hafendocks
zum Erbeben und zum Vibrieren bringt,
dann hast du doch mehr bewegt, als so manch einer, der die
seichten Schwingungen der freien Willkürlichkeit befolgenden,
Komerzerfolgerindernasehabendwollen,
einsam erfolgreich, für dich und vielleicht für vieles andere,
immer noch besser als erfolgreich einsam
für das wahrliche Nichts des
für andere apportierend erreicht Habenden
mehr als zertreten vergessen übrig
und niemals wirklich auf den Tisch gereihert habend...
am morgen danach mit einem Scheitel erwacht zu sein...

Stampfendwahnsinnschreiendventilbühnen erfahrung

Es gibt Menschen, die haben alles, was die Moderne,
die jeweilige Zeit, in welcher sie leben für sie
exklusiv und ohne einen Filter des guten oder schlechten
Geschmackes hergibt,
dennoch vermögen sie es nur als Trend der momentanen
Verachtung
oder des dürftig Reanimierten, einzuordnen,
mit keiner Faser die Kraft, dieser wundervollen Momente
vorauszusehen und somit die Vergänglichkeit
weit vor dem Zerfall dieser Einflüsse zu definieren,...
wenn jedoch aber eine Blindheit,
welche noch nicht einmal Theiresias
in all seiner Besonnenheit hatte,
Lügen gestraft wird,
ist der wegweisende Fisch, der Knochenwurf
wieder nur der Interpretation anderer anheim gestellt,
vermag nur faulend vom Kopf herab,den Tag seiner
Verwesung
entlang, hinfort, vorab und niemals
wirklich gerochen zu verstinken...
Ist was ist nur immer wieder das, was man daraus macht?

Dichnachjahrzehntenwidergesehnenundnochfür wunderschönbetrachtetimstillenbeschlossenhabend

Auf dem Grund eines niemals betauchten Sees, eines noch nicht definierten Meeres,
fällt am Ende ein jeder der Luftnot zu Opfer,
seiner liebevollen Unsicherheit, welche hier nicht zählt,
einen nur der schicksalsträchtigen Verlorenheit zum Mündel gemacht,
welche einen nicht in die eigentlich gelebten
für eine Wirklichkeit verwertbaren dritten Dimension
würde wachsen lassen können,
ergiebig die Trommel der Revolution schlagend,
die Propaganda singen lassen würde,
mit sich selbst am Ende ein Einssein kreierend
sonderlich wirkungsvoll nicht erreichend
und von irgendeiner wie auch immer werdenden Zukunft
recht bekommend würdend... ?
mit verschmitzten Augenzwinkerbewegungen
klarmacht, dass
alles irgendwie wirklich, irdisch vergänglich und niemals
überlegen vermag zu sein...
Jahre später lieben
ist immer noch tiefe Liebe....
Einschulssgeschwindigkeitsgefangensein
hochleistungsrekord
Hirnlos machende Leidenschaft,
durch den verwirrenden Moment einer kurzen Begegnung,
welche die kleinen Nervenenden

im Gehirn zu explosiv- platzenden Kunzschlussneuronen
mit nur einem möglichen Ziel verschmelzen lässt,
welche vor deinem Auge nur noch ihr Bild
ihre Bewegung, ihre Augen erscheinen lässt,
dich Straßenlaternen übersehen und die beigefügte Momente
nicht spüren lässt,
welche dir endlich das Gefühl gibt,
hier auf dieser Welt nicht ständig
auf den nächsten Anschlusszug warten zu müssen,
welche dich an Häuserbauen und Schulden machen denken
lässt,
und tatsächlich in frage stellen lässt, mit den Kumpels
bis in die frühen Morgenstunden durch die Gemeinde zu
ziehen,
welche dir ein Lächeln abverlangt,
das deine tiefen Magenfalten im Gesicht
zufrieden erstrahlen lassen,
verfluchte hirnlos machende Leidenschaft,
immer zu kurz, zu schnell atomisiert
und hinfort geweht

Hasundigelspielohnedassjemanddaslicht angemacht

Finstere Katakomben
mit einer Vielzahl von tot endenden Abzweigungen
dort ein Geräusch, hier ein Echo, und doch niemand da...
mit suchender Hand die Wand entlang,
Augen weit aufgerissen, als könnten sie hören
langsam atmend, um nur ja nichts zu überhören
dann eine leichte Neigung des Ganges nach unten, die Luft
wird wärmer
und immer noch kein Licht,
die Wand folgt einer Kurve, an deren Ende der Boden
bis zu den Knöcheln mit Wasser bedeckt ist,
ein Luftzug im Haar leitet einen zum Weitergehen an
eine erneute Kurve, hinab und hinauf über Stunden,
der Hals ist trocken, die Augen tränen, die Ohren sausen,
wie viel Lebenszeit wird es noch dauern
irgend einen Gang zu Ende und ein wie auch immer
erreichtes Ziel in die Arme schließen zu dürfen?

Desvogelsflugmitneidbeäugtweilsklave derschwerkraftseiend

„The Return of the rubezahl" hörend, an der roten Ampel,
die einem immer das Gefühl vermittelt nie mehr wieder grün zu werden,
beim niemals mehr erwarteten rechts Abbiegen eine Fahrschule vor sich,
hie ist jeder Start ein Stillstand, die Zeit vergeht gammelnd,
ausweichend bei der nächsten Kreuzung abgebogen,
um die Fahrschule loszuwerden,
und hinter einer Kehrmaschine in behäbigem Orange gelandet,
den Gedanken pünktlich zu kommen auf Eis
und seine Wut in Zügel gelegt,
beim Rückwärtseinparken als man an den Bordstein dotzt,
den tiefen und zehrenden Wunsch verspürt,
seit Jahren mal wieder mit einem Creedence- Gefühl
nach Hause zu kommen
und dieses, dann nicht erneut
dem ermüdend Immerwiederkehrenden
opfern zu müssen

Leidenschaftmissbrauchwagenheber vergessenunddanneinepannegehabtmoritate

Kleine Geschichte am Wegesrand
herausgeworfen aus einem fahrenden Auto,
um an langer Trasse nicht mehr zu Ende erzählt
und damit der Vergessenheit anbefohlen zu werden,
hast dir beim Sturz in den Graben den Anfang verbeult
der Spannungsbogen bekam einen Knacks
Schlamm, Gras und Kriechtierexkrement
kleben seit du hier bist an dir
und lässt es dir an Klarheit, vereinnahmenden Eindruck,
an Stärke und Inhalt fehlen
lange vorbei die Jahre, in welchen du
mit in den Wind gehaltenen Daumen versuchtest
mitgenommen und zu Ende erzählt zu werden,
lange zurück, dass man die dich erzählenden Worte
überhaupt sprach und verstand,
als ich dich dort im Graben fand,
blieb da leider nur noch
von dir und nicht dich zu erzählen,
aber vielleicht findest du dadurch ja auch
einen würdigen Abschluss

Vauxpasfettnäpfchenniederlagcnwiedergut machungsding

Verworrene Geier, langhalsig gierig,
auf den rechten Moment der fleischlichen Abrechnung
oder einfach nur auf ihren Fortbestand achtend,
zerkrähen die Ruhe am Tag und in der Nacht
unterwandern die Leidenschaft,
erschweren den Weg über die Berge der Existenz
belauern die Verstohlenheit deiner
intimen, vielleicht auch nicht immer so formvollendeten
Momente,
schrillen ständig, stoßen Laute der Verunsicherung
der Verachtung, der Applausverweigerung gen Himmel
und weigern sich, nachdem du all dein Hab und Gut
zusammengekratzt hast,
dich mit dir zum Teilen an einen Tisch zu setzen,
sondern harren lieber der Dinge,
deiner irdischen Bestimmung,
weil Geier nun mal geduldig
und perfekt perfide zermürben können...

Freiheitsbruderaufrufwobeieszurrevolution niemalswirklichkam

Durch kein Konzept, kein Label geknebelt,
keiner Richtung untergeordnet, nichts versprochen
und dadurch auch nicht einhalten oder unterschreiben zu müssen
sich die Fahrwasserrinne selber grabend fortzuleiten,
niemals auf Grund zu setzen oder sich an einem Eisberg
die Flanke aufzureißen, lieber im Kleinen und Unbekannten
ohne dem Bühnenstrahler arbeiten zu können
und nicht von dem Licht der Manege abhängig zu sein,
ist doch ein vortreffliches Leben,
es lässt ungehemmt explodieren
Strohfeuer lodern und ihre Schnelligkeit verdammen,
es lässt sich ungeniert leben,
den ob seiner obskuren, hinterhältig und konspirativen
Lesart hat noch niemand, welche dem Zepter der
Unterdrückung als Helfershelfer beigeordnet ist,
erfahren und somit den drangsalierenden Prozess
der Kulturreinigung vornehmen müssen...

Kadenztrillerviolinensoloabschluss

Nebelumflortes Tagesbild, im nieselnden Tröpfchenregen,
die dritte Dimension und sein Licht verloren
gedrückte Stimmung verteilend, wohl wissend,
heute keine besonders gute Figur abzugeben,
nicht zu jenen legendären Tagen gehörend,
an welchen das Schicksal auszieht um Geschichte zu schreiben,
aber dennoch ein weiterer Tag, auf der Treppe die Zeit
hinunter,
sich in kreisenden Schleifen in die Rinde des Stillstandes
bohrend, sich dort verankernd und die Nacht
viel zu früh Einzug nehmen lassend,
damit sie vergehen und der nächste Tag
sich durch sein eigenes Bild
durchsetzen darf...

Schlussstussverdrussunddennochmussvision

Mit dem Auto so lange im Kreisverkehr gefahren,
bis das Benzin aus war, den Wagen in den Graben rollen gelassen,
dann die Verkehrsinsel in der Mitte des Kreisels besetzt
und zu autonomen Republik Herrmannistan erklärt,
Stunden später von der Polizei freundlich
aufgefordert worden, die Republik zu beenden und
den Wagen aus dem Graben zu entfernen,
dieses strickt ablehnend, die aus einem Küchentuch gebastelte Fahne hissend
und bei Nichtabzug der Exekutivkräfte, den Krieg androhend,
wobei ich ob meiner geringen Truppenstärke belächelt
und bis auf die Knochen gekränkt wurde,
auf Rache und Vergeltung harrend, derb erstaunt,
als sich viele Polizisten, Rettungshelfer und ein Arzt auf mich warfen
und mich geschmeidig spritzen,...
als ich in einer ziemlich abgeschlossenen Einrichtung erwachte,
konnte ich nicht aufhören zu lächeln,
hatte es doch für einige Stunde
mein eigenes Land gegeben...

Kleines prosaisches Nachspiel

Seit es Menschen und Kriege gibt, sind die führenden Militärs darum bemüht eine Wehrfähigkeitsförderungsdroge zu finden. Frühe Hochkulturen applizierten die Drogen, wie z.B. Cannabis in Wein/Öl Getränken, damit es sich fröhlicher kämpfen und gelassener sterben ließ.

Bei den aufstrebenden Barbaren in ihrem Kampf gegen die Römer, wurden dann eher archaische, dem Waldboden entnommene Kriegsmedikamente, wie z.B. Fliegenpilze, Tollkirsche oder Stechapfel verwendet. Die Pilzextrakte finden heute ihre Verwendung in der modernen Parkinsontherapie. Hier teilte mir mal ein etwas überdosierter Patient seine Erlebnisse mit, welche er etwa so umschrieb: bei all den einen umschwirrenden Fratzen in glühendem Violett, diesen Riesenschlangen, die einem die Beine hochschlängeln, um einen zu erwürgen und dieser Vielzahl an Geräuschen hätte ich, wenn ich eine Waffe gehabt hätte, auf alles geschossen, was sich in meiner Nähe befunden hätte. Er beließ es bei dem Umherschleudern seines Nachttopfes und die Germanen damit, dass sie irgendwann vor Müdigkeit zusammenbrachen, ohne so richtig gewusst zu haben, wen sie eigentlich alles so erschlagen hatten.

In der jüngeren Militärhistorie wurden Drogen eher zu Angstlösung und zur Dauerwachheit eingesetzt. Aus dem Deutsch-Französischen Krieg kennen wir die Anwendung von Morphium. Dies hatte zur Folge, dass die Jungs keine Angst hatten, aber langsam und müde wurden. Bayer Leverkusen nahm dies zum Anlass Derivate des Morphiums zu entwickeln, damit die

Soldaten ohne Angst und hellwach dem Tod klar in die Augen schauen konnten. Die Top drei dieser Forschungszeit waren: Heroin, Oxycodon und Hydromorphon. Heroine nach seinem „heldenkreierenden“ Gefühl im Gehirn benannt, sorgte sehr bald darauf, dass die gesamte Forschungsabteilung von Bayer Leverkusen drogenabhängig war. Es fand neben dem ersten Amphetamin (Methylamphetamin) Pervitin (interessante Namensgebung für eine Kriegsdroge) im zweiten Weltkrieg im deutschen Heer, sowie bei den Fliegern und der Marine rege Verbreitung.

Die Amerikaner bedienten sich in ihren als weltweite Polizeieinsätzen verkauften Kriege auch dem Heroin, mehr aber noch dem Oxycodon, womit es heute die meistgebrauchte Droge auf dem Weltmarkt ist.

Von eben jenen Amerikanern ist auch ein sehr interessanter Versuch mit LSD für militärische Propagandafilme dokumentiert worden. Die ersten dreißig Minuten gehen die Soldaten gut, jedoch recht furchtlos mit den gestellten Aufgaben um. Dann schüttelt ein Lachkrampf nach dem anderen die Soldaten, gefolgt davon, dass sie sinnlos in die Luft schießen und sich einer fast den Fuß bricht, als er seinen Helm mit einem kräftigen Tritt in das Gebüsch befördert. Resultat bei allen: nur Gelächter. Bis dahin kommentiert die markante amerikanische Stimme aus dem Hintergrund das Treiben noch wie einen fehlgeschlagenen Kinderstreich. Dann kommt aber das erschreckende Finale: Eine als Feindarmee verkleidete Soldatengruppe, soll nun den scharfen Angriff auf diese intoxikierten Soldaten führen. Und was machen unsere fröhlichen Triper?

Sie fallen dem Feind lachen, ja verwerflich fraternisierend in die Arme, und ihr Lachen löst allgemeine Heiterkeit aus, so dass weder Gefangene noch Tote gemacht werden. Hier schrillt die Propagandastimme und teilt uns mit, dass LSD als Wehrkraftertüchtigungsdroge nichts nutzt (denn was ist ein Krieg schon ohne Feindbildempfinden) das sie persönlichkeitszersetzend und somit verboten sei...
Hierauf wurden die guten alten Zigaretten mit entsprechenden Zusätzen erneut lanciert, das sie kicken, ohne die Persönlichkeit und damit die Wehrkraft zu zersetzen...
Ganz so, wie das das deutsche Heer im I. Weltkrieg schon praktizierte, neben dem Henkelmann Schnaps am Tag, versteht sich.

Lasst Euch das Leben in der anbefohlenen Wahrheit schmecken...